小妖精集市

[英] 克里斯蒂娜·罗塞蒂——著
亚瑟·拉克汉姆——绘
董颖璇——译

重庆出版集团 重庆出版社

图书在版编目(CIP)数据

小妖精集市 / (英) 克里斯蒂娜·罗塞蒂著; (英) 亚瑟·拉克汉姆绘; 董颖璇译.. —重庆: 重庆出版社, 2020.1
ISBN 978-7-229-14040-3

Ⅰ.①小… Ⅱ.①克… ②亚… ③董… Ⅲ.①诗集—英国—近代 Ⅳ.①I561.24

中国版本图书馆CIP数据核字(2019)第030148号

小妖精集市
XIAOYAOJING JISHI

[英]克里斯蒂娜·罗塞蒂 著　亚瑟·拉克汉姆 绘
董颖璇 译

丛书策划：李　子
责任编辑：李　子
责任校对：李小君
封面设计：严春艳
版式设计：侯　建

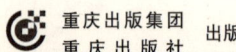
重庆出版集团
重庆出版社　出版

重庆市南岸区南滨路162号1幢　邮编：400061　http://www.cqph.com
重庆出版社艺术设计有限公司制版
重庆市鹏程印务有限公司印刷
重庆出版集团图书发行有限公司发行
邮购电话：023-61520646

开本：787mm×1092mm　1/32　印张：4.125　字数：86千
2020年1月第1版　2020年1月第1次印刷
ISBN 978-7-229-14040-3
定价：39.80元

如有印装质量问题，请向本集团图书发行有限公司调换：023-61520678

版权所有　侵权必究

目录

小妖精集市
/1/

生日
/49/

时间与幽灵
/55/

钟声
/65/

目录

在家
/71/

歌
/79/

辞旧迎新小调
/85/

沉睡深海
/93/

从房子至家园
/103/

从早到晚

少女们都能听见妖精的叫卖:

"来买我们的新鲜水果,

来买,来买!

苹果、橘子,

柠檬、橙子,

圆润饱满的车厘子,

甜瓜、覆盆子,

红粉芳菲的桃子,

结实黝黑的桑葚子,

野生蔓越莓,

红果露莓,

菠萝、黑莓,

杏子、草莓,

都在酷暑,

小妖精集市

——成熟。

晨雾夕霭,

流转飞快。

来买,来买!

葡萄新鲜藤上摘,

石榴饱满亮异彩,

枣子和李子,

上品的青梅、梨子,

蜜李、山桑子。

尝一尝,试一试,

鹅莓以及加仑子,

明亮如火的伏牛花子,

无花果嘴里塞,

佛手柑南方来,

尝得到的甜,看得见的鲜,

来买,来买。"

一晚接一晚,

草丛里,溪水旁,

萝拉侧耳听探,

莉兹蒙脸不闻。

她们紧紧蜷缩在一起,

抵御萧萧的寒气,

抿紧双唇,抱紧双臂,

刺骨冷风将脸颊和指尖麻痹。

"挨近些,"萝拉低语,

金黄色的脑袋轻抬起,

"我们绝不能去看妖精,

我们绝不能买他们的果子。

谁知道他们用什么土壤来培植

那些贪婪的根蒂?"

"来买!"妖精高声叫卖,

在幽谷蹒跚而下。

"呀,"莉兹警醒,

"萝拉,萝拉,你不该窥探妖精。"

莉兹闭上眼睛,

可不能看见,哪怕一丁点。

萝拉抬起光泽亮丽的脑袋,

如源源不断的溪流般低声呢喃:

"看,莉兹;看,莉兹,

幽谷里走下来些矮个子,

一个提着篮,

一个托着盘,

一个高举的碟子金闪闪,

那得重多少磅。

能长出如此甜美的葡萄,

那树藤该得多粗壮;

能呵护如此鲜嫩的果子,

那轻风该得多和暖。"

"不,"莉兹说,"不,不,不!

他们美丽诱人的水果会让我们上当,

他们不怀好意的礼物会使我们受伤。"

她手指用力

堵住耳朵,闭上眼睛,匆匆逃离。

好奇的萝拉却脚步放缓,

对每一个果贩仔细端详:

一个长着猫脸,

一个掸着尾巴,

一个走着鼠步,

一个如蜗牛般蠕动,

小妖精集市

一个如袋熊般毛茸茸,步缓缓,

一个像蜜獾般跌跌撞撞。

她听见鸽子般的声响——

咕咕叫唤。

天气晴朗,

声音里满是爱意与安详。

萝拉伸长她光滑的脖颈,

像一只蜷伏的天鹅,

像一朵水中的百合,

像一艘摆脱了最后一道纤绳的

即将启航的船儿。

向着青苔满布的幽谷,

妖精成群地大踏步,

尖锐的声音来回叫卖：

"来买，来买。"

他们来到萝拉身旁，

站在苔藓地上，

怪异的家伙接踵而至，

眼色互使；

狡黠的家伙熙熙攘攘，

暗自盘算。

一个放下提篮，

一个举起托盘，

一个用野生的坚果、叶子、藤蔓

编织起花冠

（其他任何镇子和贩子都不卖这货），

黄金碟子里水果装满，

一个端着递予她。

小妖精集市

"来买,来买。"依然是熟悉的叫卖。

萝拉直盯着却不挑拣,

饥渴着却囊中羞涩。

掸尾巴贩子蜜语甜言,

让她随喜好挑选;

猫脸贩子喵呜娇嗔;

鼠步贩子叽叽欢迎;

连蜗牛贩子也发出邀请。

鹦鹉之声呵呵笑:

"漂亮妖精"是"俊俏鹦哥"的代表。

还有鸣啭之音如啼鸟。

嘴馋的萝拉仍然犹疑:

"我没有钱,好伙计,

白拿即偷窃。

吮吸他们圆润红艳的果子。

我的钱包里没有铜钱,

也没有银币,

我仅有的金子

只是在锈色石南上铺撒

被风刮落的金雀花。"

"你头上有很多金子,"

他们齐声回答,

"给我们一缕金发。"

她剪下了一缕珍贵的金发,

她流下了一滴比珍珠更晶莹的眼泪,

然后吮吸他们圆润红艳的果子:

比峭壁上的蜂蜜还甜美,

比惹人醉的佳酿还浓烈,

汁液比水流还澄清!

她从未尝过如此美味,

无论享用多久却不觉得腻。

她不住地吮吸,不断地吞食

来自神秘果园的果实。

她吮吸着直到口唇发痛为止。

扔掉被舔食干净的皮壳,

收集埋藏在肉里的果核。

她独自归家时,

白天黑夜都不可知。

莉兹在门口苦等,

满腔义愤:

 "亲爱的,你不该在外逗留太晚,

夜幕从不善待女子。

切勿在幽谷处浪荡,

那是妖精活跃的地方。

你可还记得珍妮,

她在月色中与他们相遇,

将许多他们精挑细选的礼物攫取,

吃下他们的果,戴上他们的花——

那些采摘自盛夏林荫的

恣意生长的花。

此后的月夜,

她却愈发地颓靡。

从早到晚地寻觅,

却是徒劳,只落得人消瘦,发成灰,

在冬季的第一场雪中,她倒地不起。

她所安息之地,

至今寸草不生。

我一年前在那儿将雏菊种下,

却从没有发芽。

你不能也如此虚度。"

"嘘,不会的,"萝拉回答,

"嘘,不会的,我的好姐妹,

我吃呀吃满至喉底,

但我的嘴依旧垂涎欲滴,

明晚我要买更多。"她吻了莉兹,

"放下你的焦虑,

我明天给你带李子——

从枝头摘下的新鲜李子,

还有必须一尝的车厘子。

你难以想象,

多么美妙的无花果汁浸润了我的牙齿。

多少冰凉的瓜,

在黄金果盘上堆叠成塔,

我伸尽双臂也抱不住那样的巨大。

布满天鹅绒般细毛的桃子,

晶莹剔透的葡萄竟无籽,

芳香得像是于蜂蜜酒中培植。

野生百合花采撷自陡峭巉岩,

用以净化浇灌的水源,

使得果汁如蜜般沁人心脾。"

金黄色的脑袋两两相依,

像同居一巢的鸽子

拱在对方的羽翼下寻求抚慰。

她们躺在床上,覆以帘被:

像一茎上共生的两朵鲜花,

像一场新雪中的两片雪花,

像两根象牙

被制成权杖,点缀以歌颂帝王的金黄。

小妖精集市

星月对她们眨眼,

清风许她们安眠,

猫头鹰静候在前,

她们栖息之处的四面

没有蝙蝠拍翅回旋:

脸颊相亲,胸脯相贴

交抱在同一巢穴。

黎明,

第一声雄鸡报晓之时,

蜜蜂劳作始,甜蜜而充实,

萝拉和莉兹同起,

把蜜糖采,把牛奶挤,

新鲜空气吹起一日生活起居。

白皙的小麦粉揉成面团,

这是对挑剔味蕾的供养。

搅拌奶油,翻动奶黄,

喂养家禽,缝补衣裳,

以虔诚少女该有的样子交谈。

莉兹心胸宽广,

萝拉梦想虚幻,

一个心满意足,一个疲累惶惶;

一个赞颂这白天的锦绣,

一个渴求那黑夜的降临。

夜晚来得不紧不慢,

她们提着水罐,走至芦苇丛生的溪旁。

莉兹平静如水,

萝拉焦急如火。

溪流潺潺,她们往水深处投罐。

小妖精集市

莉兹扯下紫金旗帜,
提水还家:
"落日映红最遥远最高耸的悬崖,
来,萝拉!没有一位少女拖沓,
没有一只松鼠叽喳,
飞禽走兽纷纷入睡。"
萝拉却仍在灯芯草间逡巡,
念叨着河岸险峻。

她说时辰还早,
露珠未滴落,清风未冷冽;
侧耳倾听,却听不到
那熟悉的叫卖——
  "来买,来买。"
那撩人的声声韵律,

那诱惑的甜言蜜语。

目之所及只有空无,

寻不到一只

奔跑的、摇摆的、蠕动的、跌撞的妖精,

更别说以往那一群

阔步走在幽谷,

成群结队或形单影只,

活蹦乱跳的水果商贩。

直至莉兹催促:"噢,萝拉,快来,

我听见果贩的声声叫卖,但我不敢理睬。

你可别再逗留在溪水旁,

与我把家还。

明星升起,月牙躬弯,

萤火小虫眨着光,

让我们在暗夜来临前归家。

即使现在是夏季,

也难免乌云汇集,

把灯火扑灭,把我们浇湿,

要是我们迷路了该如何处置?"

萝拉顿时心凉如磐石,

竟只有姐姐听见了那叫卖,

那妖精的叫卖——

"来买我们的水果,来买。"

她再也买不到如此鲜美的果子了吗?

她再也找不到如此水润的草本了吗?

她聋了吗?瞎了吗?

她的生命之树从根处腐烂,

她心里悲痛却不发一词,

小妖精集市

只是目光不再灼热,无神地看穿眼前的黯淡,
跋涉回家的路上,一滴滴的水漏出水罐。
她爬上床,漠然平躺,
直到莉兹入睡,
她才猛地在激愤的渴望中坐起,
咬牙切齿地悔恨当初,声声抽泣,
心碎满地。

日复一日,夜继一夜,
萝拉遥望空空如也的一切,
寂寞地忍受极度的苦痛。
她再也听不见妖精的叫卖
"来买,来买。"
她再也看不见幽谷沿途
贩卖水果的商贩。

当月亮渐满明亮

她的发随之枯萎成灰；

皓月当空，

洒下的皎洁月光

犹若要燃烧她的火堆。

她想起带回来的果核，

把它埋入向南的墙下土。

用眼泪灌溉，满载生根的期待，

盼着它发芽长大，

却只收获了辜负。

暖暖阳光它未能浸浴，

涓涓细流它未能感触：

眼睛凹陷，口唇干枯。

她渴慕着瓜果，犹如旅人饱经折磨，

看见沙漠中绿树掩映的

一池虚幻的水波，

现实却是口渴难耐，风沙灼灼。

她不再打扫房子，

不再照料家禽牲畜，

不再采集蜂蜜、揉捏面团，

不再去溪流取水投罐，

只是萎靡不振地坐在烟囱旮旯处

不思茶饭。

善良的莉兹不忍看见

妹妹如此凄苦

却不愿倾诉。

白昼里，黑夜时，

她都能听见妖精叫卖——

"来买我们果园的水果,

来买,来买。"

溪水旁,幽谷间,

她都能耳闻妖精的蹬音。

这声响动静,

可怜的萝拉未能听。

心想买些水果来安抚她,

却害怕要付出沉重的代价。

想到坟墓里的珍妮,

她本应该成为新娘,

期待着新婚的欢喜,

却在最美的韶华,

患病而亡。

在初冬,

伴着光洁白霜,

飘着冬日初雪。

萝拉的瘦骨穷骸

似乎在敲着死亡的大门。

是利是弊,

莉兹不再犹疑。

她在衣袋放入几枚银币,

吻过萝拉,跨过满布金雀花的石南地。

暮色里,她在溪水边踌躇:

这是人生中的第一次

去听,去看。

当妖精察觉她的窥探,

一个个眉飞色舞,

朝着她踉跄，

奔跑，跳跃，飞翔，

骄傲地吹口哨，

咯咯咯地大笑，

磨着地，刈着草，

气定神闲，

扮着鬼脸，

装模作样，

猫脸样老鼠样，

蜜獾样袋熊样，

蜗牛脚步匆忙，

鸟啼声鹦鹉嗓，

纷纷一拥而上，

像喜鹊般喋喋不休，

像鸽子般扑动翅膀，

像鱼儿般摆尾哧溜——

拥抱她，亲吻她；

推挤她，爱抚她；

高举他们的篮子、

盘子、碟子：

"苹果您瞧瞧

红黄纹理出挑；

弹我们的樱桃，

咬我们的蜜桃，

柑橘和大枣，

供您问津的葡萄，

梨儿红艳，

沐浴温暖的阳光；

李子新鲜，

仍在枝丫中吸养；

把它们摘下、吮吸、吞咽，

石榴，无花果……"

莉兹说："好伙计，"

心里念着珍妮，

"有多少就给我多少。"

她掀开围裙，

掏出银币。

"不，这是我们的荣幸，

与我们同坐，与我们共享。"

他们笑脸盈盈，

"盛宴即将开始。

夜色尚未深沉，

温暖露水如珠，

星光闪烁，清风醒人，

仅此一家,别无二货。

它们的香气会飞,

它们的水汽会发,

它们的甜味会消。

与我们同坐,与我们共享,

做我们尊贵的客人。"

"谢谢,"莉兹回绝,"但有一人

独自在家等。

多或少都好,

要是你们不卖水果于我,

便无谈判余地。

还我投掷于你

作为交易的银币。"

他们开始抓耳挠腮,

不再呜呜娇嗔,不再叽叽细语,

转脸呼号,

吼叫,咆哮,

骂她傲慢、

倔犟、野蛮。

他们语气凶狠,

他们面目狰狞。

挥鞭般甩尾巴,

粗暴地推倒她,

用肘击打,用脚践踏,

用尖细的指甲挠抓,

吠叫声、喵呜声、嘶嘶声、嘲弄声,

撕扯她的衣裙,染污她的长袜,

连根拔起她的头发,

跺踩她柔嫩的脚丫,

擒住她的双手,把果子往嘴里压,

逼迫她把果子吃下。

金光圣洁的莉兹站立在那儿,

如坚挺在激流中的百合花;

如一块蓝色纹理的岩石,

被喧腾的潮汐不断冲刷;

如一座孤独的灯塔,

矗立在汹涌的海洋,

投射出耀眼的金光;

如一棵挂果的橙树,

缀满甜蜜的白花,

忍受被蜂群围困的蜇疼;

如一个高贵的皇家之城,

覆以镀金穹顶的塔尖,

被疯狂的舰队重重围困,

迫使她放弃抵抗。

牵马到河易,

迫其饮水难。

尽管妖精抓住她,

或好言哄骗,

或欺辱殴打,

抓捏出似墨的瘀青,

用拳击,用脚踢。

无论言语辱骂或拳脚相加,

莉兹闭口不答,

双唇抿紧

以防他们乘虚而入。

她心里却笑了,

感觉到果汁在她的脸上流淌,

金光圣洁的莉兹
站立在那儿

回旋在下巴两端的酒窝上，

沿脖子滑下一缕凝乳般的液痕。

最后那些邪恶的妖精，

耗不住她的抵抗，

扔掉她的银币，踢走他们的果子，

沿着来时的路，

不留下一点根茎、果核、叶芽：

一些遁入地里，

一些潜入水溪，

扬起圈圈涟漪，

一些飞入风中，悄无声息，

一些深入远处，渐渐消失。

剧烈的疼痛，难抑的激动，

莉兹走在回家的路，

小妖精集市

白天黑夜已不可知。

她跃上河岸,拨开金雀花,

穿越杂木幽谷,

银币叮叮当当

在口袋里跳动出声响,

传到她耳里便成了欢唱。

她跑呀跑,

像是害怕妖精贩子

骂骂咧咧地尾随而至,

干出更为邪恶的事。

没有一只妖精在追赶,

她也没有被恐惧刺伤,

善良的心赐予她风一般的步伐。

她气喘吁吁,脚步匆匆地回家,

内心无比欢欣。

她赶到花园喊:"萝拉,

你想我吗?

快来亲吻我。

别管我的伤痕,

拥抱我,亲吻我,舔舐我脸上

那为你沾染的,

妖精压榨的果浆。

吃我,喝我,爱我,

萝拉,尽情享用我!

为了你,我勇敢地面对妖精,

与这群妖精贩子抗争。"

萝拉从椅子中撑起,

艰难地抬起双臂,

抠住单薄的发丝：

"莉兹，莉兹，你是否为了我

吃下禁果？

你的光彩会像我这般消褪，

你的青春会像我这般浪费。

你会重蹈我的覆辙，

受尽妖精的折磨，

像我这般饥渴、灭亡、腐烂。"

她抱紧她的姐姐，

亲吻了一遍又一遍，

泪水再次

润湿了她凹陷的眼眶，

如雨滴般坠落，

簌簌地淌过枯裂已久的干旱。

恐惧和痛苦使她孱弱地震颤，

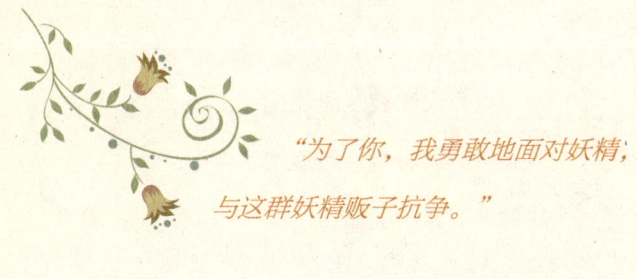

"为了你,我勇敢地面对妖精,与这群妖精贩子抗争。"

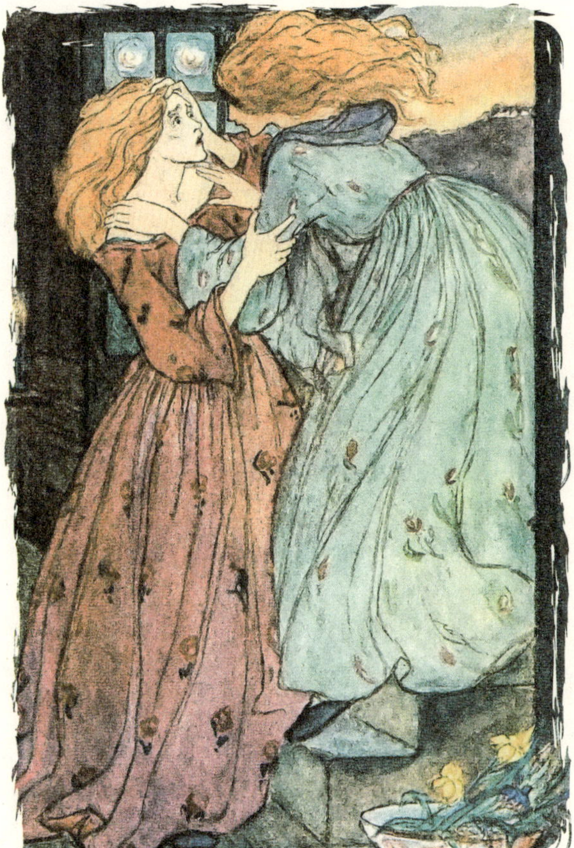

饥渴的唇一遍遍地亲吻她。

她的嘴唇开始灼热,

果浆之于舌头是苦艾的涩。

她痛恨这一顿饕餮,

像载歌载舞的扯线人偶般扭捏,

慌张无助地

扯着裙,拧着手,捶着胸。

一缕缕金发忽地涌起,像火炬

被全速前进的选手高举;

像飞驰骏马背上的鬃;

像雄鹰径直地沿着光

冲向炽热的太阳;

像囚徒被释放,

像进军时旗帜飘扬。

火苗迅速蔓延至全身的血管，

直击心脏，

汇合那仅有的余烬，

燃起熊熊烈火。

她咽下无名的苦果：

啊！傻瓜，为何如此

全心全意地爱我！

败落于致命一击：

就像镇里的瞭望塔，

在地震中轰然坍塌；

就像被闪电劈裂的桅杆；

就像被风连根拔起的树干

飞旋上天；

像水沫四溅的海龙卷，

钻开海面；

她倒下，

欢愉过去了，痛苦过去了，

是生是死？

死而后生。

莉兹在旁照料了一个漫长的夜，

把着微微跳动的脉搏，

探着气若游丝的呼吸，

以清水润湿双唇，以眼泪打湿青叶

敷在她滚烫的脸。

当鸟儿啾啾鸣叫于屋檐，

当早起的农人迈着沉重的步伐

走向金黄的麦田，

当沾着露水的草儿弯下腰，

向灵动的晨风问好，

小妖精集市

当新发的蓓蕾在新的一天

绽放成酒杯般的百合,

萝拉从梦中苏醒,

天真的笑容一如往日。

她久久地拥抱着莉兹,

闪闪发光的长发没有灰丝;

呼吸如五月般甜美,

眼眸里舞动着光辉。

经过多少年月日,

后来的她们都嫁为人妻,

生儿育女。

她们的母爱里嵌着警惕,

她们的生命有了更柔软的联系。

萝拉叫来孩子,

讲述她的青春过去，

那些快乐的时光已逝，

一去不复返：

要给他们讲讲那迷离的幽谷，

潜伏着怪异且邪恶的水果商贩。

果浆在喉咙里甜如蜜，

流到血液里却成了毒汁；

（别的镇子和贩子都不卖这货）

要给他们讲讲她的姐姐莉兹，

如何在生死攸关的绝境里，

为她赢得了炽热的解药。

大手把小手一一牵起，

嘱咐他们要相爱相亲：

"无论天晴天阴，

没有人能像姐妹一样，

小妖精集市

在你苦闷难言时给你欢欣鼓舞，

在你误入歧途时把你拉回正路，

在你不慎跌倒时给你小心搀扶，

在你奋力站起时甘当顶起你的支柱。"

生日

小妖精
集市

我的心犹如一只欢唱的鸟，

在水嫩的枝条间筑巢；

我的心犹如一棵苹果树，

累累硕果坠弯了腰；

我的心犹如一枚多彩的贝壳，

扑扑地游弋于宁静的碧海；

我的心比这所有都要欢快，

因为我的爱向我走来。

为我置一座覆以绸缎的高台，

挂上松鼠的皮毛，饰以紫色的染料；

把石榴和白鸽

以及孔雀的百眼彩屏细细雕刻；

把葡萄、叶子和百合

点缀成金银两色；

因为我的生日即将到来,

我的爱向我走来。

"我的心犹如一只欢唱的鸟。"

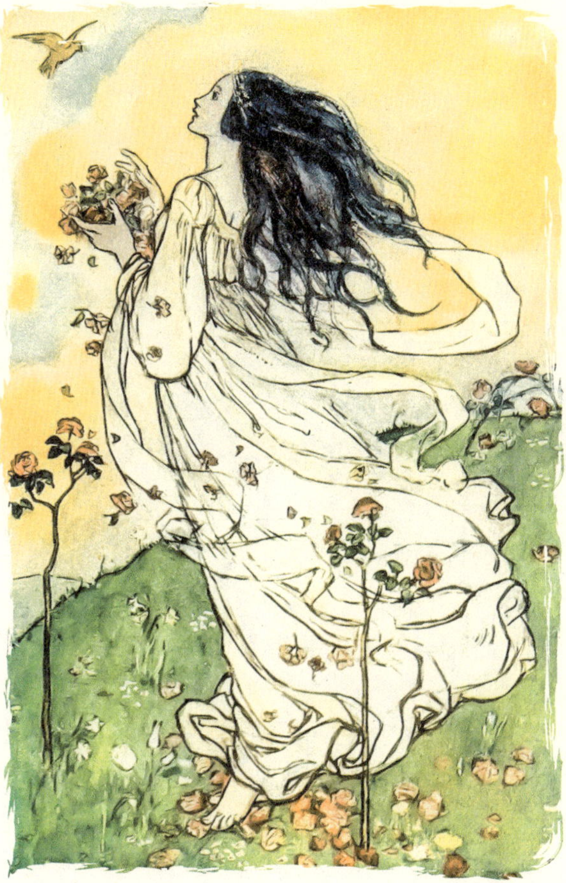

时间与幽灵

新娘

噢,爱人,爱人,抱紧我,

他要把你我分离!

我不能对抗这猛烈的冲击,

也不能抵御寒冷而强大的海潮。

远处一盏孤灯闪烁,

在那山丘上松林里,

为我而久久不熄。

新郎

亲爱的,我把你抱紧,

没有邪灵能靠近,

只有远在北极的璀璨孤星。

时间与幽灵

幽灵

跟我走,虚伪的美人,

跟我回家,回家。

这是我的声声呼唤:

曾经的你怎么不害怕

我的追求和情话:

"来,崭新的爱巢已筑好。"

让我们翻过那涌动的海潮。

新娘

紧紧地抱着我,

他用陈年旧事把我奚落,

魔爪愈发地使劲。

抱紧我,抱紧我。

他要把我拽出你的心,

跟我走，虚伪的美人，

跟我回家，回家。

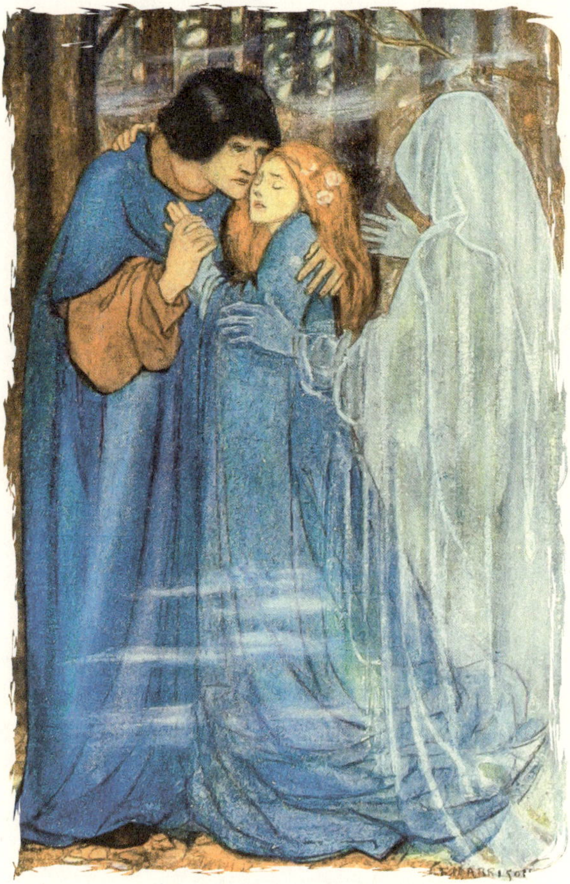

我无法停留；

他拉扯我的魂灵

与他共赴寒冰。

啊,痛苦的旧誓!

新郎

靠着我,闭上眼:

此时只有我和你,地与天,

保持理智。

幽灵

靠着我,离开这儿,

一步步地跟着我的引导:

来,我不愿再停留片刻;

来,新房和新床已备好。

啊，新房和新床如此宽舒，

迎接着我们的生死祸福，

短促的呼吸催赶着约誓应验：

来，为我们的誓言加冕。

新娘

给我点时间，诉说心中言，

趁心还在跳动，

趁衰弱的意志，

还能支撑着呼吸。

噢，情郎，请别把我抛弃，

别像我这般负心地，把我忘记：

在心中留着我的位置，

保持纯真和光明的信念。

也许在某个寂静寒冷的冬夜，

我会重临你身边。

新郎

冷静,亲爱的,冷静!

别让幻梦和恐惧侵扰你的心,

是谁把死亡和变故言说不停?

幽灵

噢,美丽而虚弱的罪人,

再挣扎也是徒劳!

你的确该重临他身边,

看着他的心日渐冷漠,

感受我曾经遭受的

深入骨髓的折磨:

一位更美丽的新人

将填补空席,

把他的心占据,为他生儿育女;

而你与我一起

在暗无天日的混沌里

颠簸、轮转、哀啼。

钟声

纵情地敲打着铃铛,

叮当叮当响;

端来醇酒,捧来鲜花,

把银铃铛敲打。

我燃亮所有香薰灯盏,

挂在硕果累累的橙子树上,

灯光掩映下的树影婆娑,

是金色灯盏和橙子的衬托。

在金盘子上堆起瓜果,

鲜嫩成熟的金黄瓜果。

吹着笛子,敲着铃铛,

把夏季的阵雨遮挡。

休止那琵琶的哀怨,

抛开一去不复返的往日时光

那些苦痛与遐想。

钟声

庄严地敲打着铃铛,

叮咚叮咚响;

我的朋友躺卧在床,

坠入梦乡。

他的头包裹着皱褶的麻布,

他的腿直直地伸至床尾——

那支撑不起身体的双腿。

我的筵席揭幕已久,灯盏渐渐晦暗。

静一静,你的乐曲并不婉转悠扬,

而他的乐曲再也没有奏响。

他的灯光已熄,筵席已散,

酒杯的边缘闪烁着两三点残光,

内里已干涸,破裂,再也不能盛装。

他血已冷,我血微凉;

他的死期已至,我的已在路上。

纵情地敲打着铃铛,
叮当叮当响。

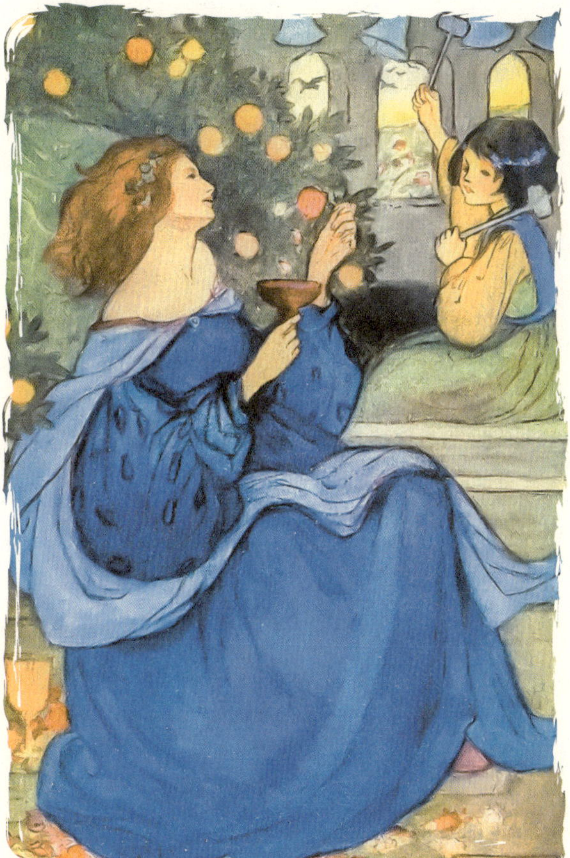
M P. HARRISON

在家

死后，我的灵魂

寻觅生前所频繁踏足的房：

穿过房门，看见友人

宴乐于橙树绿枝旁；

席间推杯换盏，

品尝桃李果浆；

他们戏说，欢笑，歌唱，

关怀着对方。

我听见他们交谈——

一人说："明天我们将

跋涉在荒无人烟的沙漠，

航行在一望无际的海洋。"

一人说："趁潮汐尚未流转，

我们将攀上群山的脊梁。"

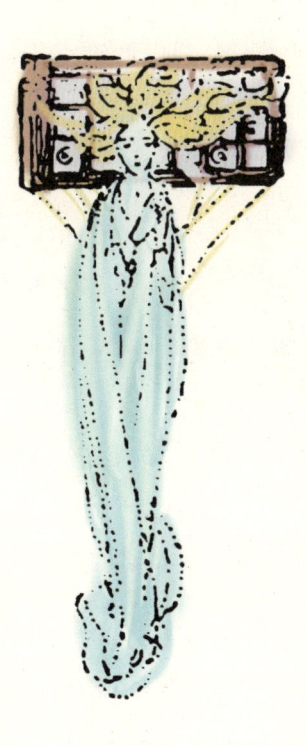

一人说:"明天该像今天,

但更添甜香。"

"明天!"他们说,喷薄出强烈的希望,

怀揣着愉悦的遐想。

"明天!"一人领着大家高喊,

却无人提起昨天的时光。

他们的生命正旺;

我,只有我,与世长辞。

"明天和今天。"他们高喊,

我属于昨天的时光。

我不适地颤抖,但没有

在桌上投下丝毫寒意。

我被遗忘,

离开却也不愿,留下来心伤。

在家

　　我穿过熟悉的房,

　　离开了所爱,

　　像短暂停留了一天的

　　客人的回想。

我穿过熟悉的房,

离开了所爱。

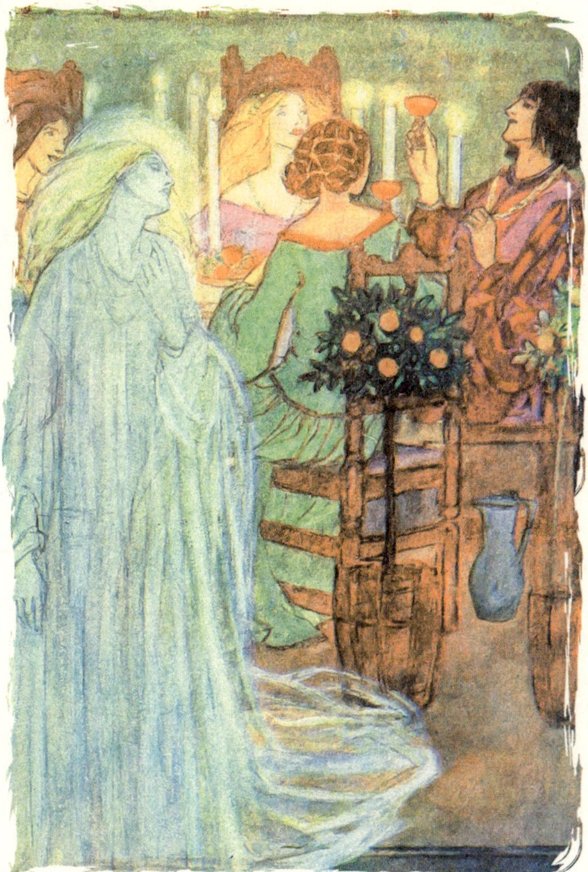

歌

噢，玫瑰献给潮红的青春，

月桂冠以最美的年华；

择一枝久经年岁的常春藤

予我即可。

噢，紫罗兰随葬入土的青春，

月桂花泪撒早逝的年华；

把陈年旧日里择的一枝枯叶

予我即可。

把陈年旧日里择的一枝枯叶
予我即可

爱，猛烈如死亡，已死。

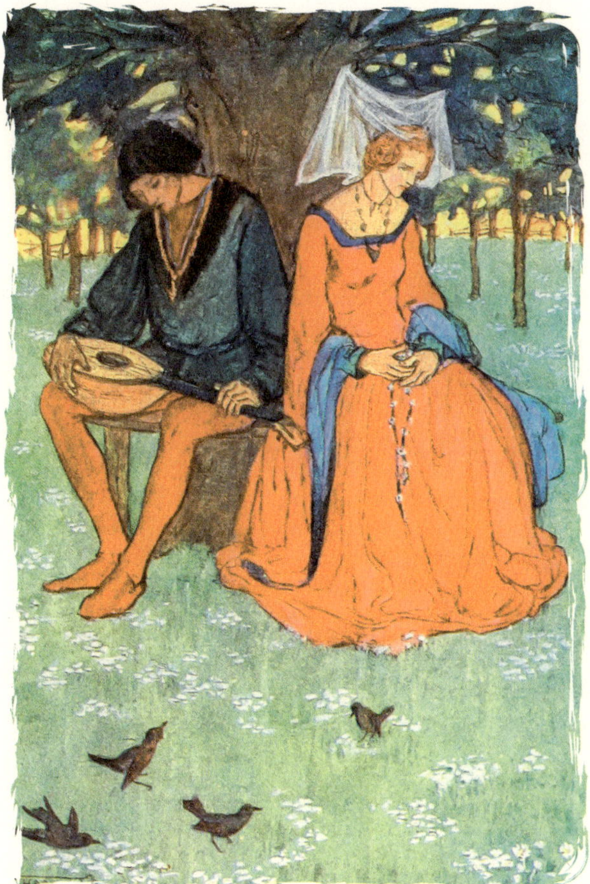

辞旧迎新
小调

小妖精集市

1

新年伊始,我有些许惆怅:

旧年已逝,空留疲累不堪,

所爱被夺,

渴求受挫,

然而今日迈出更远的路,

上帝保佑,我迈出更远的路。

新年将至,

予我何恩赐?

予你伤害或赐你恩惠,

以诚挚的脸面对,

你不得对我欺瞒:

祸福好歹,随你所愿,

请以之指引我上路,

通往天堂的崎岖路,请求你,上帝。

2

与我共守,亲爱的孩儿与男女,

我的所爱所期与所惧,

与我共守今夜除夕。

有人把营生盘算,有人把来年期盼;

有人抓住空当,坠入梦乡;

有人跪地祈祷,把心锁上。

与我共守,神佑的灵魂,着一袭白衣

愉悦地穿梭在神圣的夜里,

或在漫长的战斗之后稍息。

我不知道他们是否与我共守,我只知

他们慢熬着复活的前夕,

急切且用力地追问:"多久?"

与我共守,耶稣,守于我的孤寂:

虽然别人对我说不,但你应承予我帮助;

虽然别人对我不顾,但你驻足予我祝福。

是的,你在今夜伴我停下脚步。

今夜的痛苦,明日的欢愉,

我,爱,是你的;你,主,是我的。

3

离去,世界低语:

机遇,美丽,青春日渐消逝,

辞旧迎新小调

你的生命流失，无以为继。

眼睛渐暗晦，黑发淡成灰，

即便如此也不能赢得月桂？

我在春日披上衣被，在五月开出花蕾，

你，盘根错节，不应在我的花期

重建你的腐糜。

然后我答：是。

离去，我的灵魂低语：

肩负恐惧与希望的重担，细数劳作与玩耍的时光，

倾听旧日所见所闻——

你的金子泛了锈迹，你的衣服掺了虫子，

你的花蕾染了污斑，你的叶子必然腐烂。

午夜，黎明，早晨，某天，

看，新郎该准时而至，

看着你祈祷。

然后我答：是。

离去，上帝低语：

冬日经过漫长的耽搁后离去，

新鲜的葡萄串攀上藤，柔嫩的无花果披上露，

在天堂般的五月里乌龟声声呼唤。

尽管我仍在等待，相信我，守候并祈祷，

起身启程，黑夜已过看天亮，

我的爱人，我的姐妹，我的伴侣，你该听我讲。

然后我答：是。

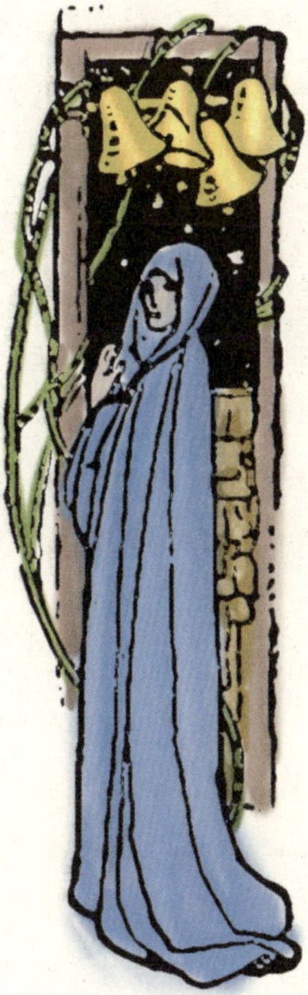

与我共守，神佑的灵魂

沉睡深海

聆听深海,

谁能听见那海之深沉?

铅锤不足测其深,

水手们亦已睡沉。

有人梦着峭壁,

竭力往上攀爬;

有人梦着草地,

温顺羊儿的家。

白影在桅杆间

来回飞飘,

他们觉察遥远的风暴

即将来到——

巨大的岩石在前盘踞,

辽阔的浅滩尚未过去。

面对着危机,

呼唤着彼此。

噢,流水潺潺

拍打出山间妙音。

鸟儿鸣啭,

筑巢在流水旁:

鸟巢是家,

以爱驱逐伤病;

鸟巢是魂,

以爱谱写乐音。

沉睡者梦寐,

各就其位;

闪电显耀

每人脸上的微笑。

船在航行,航行,

疾驰前行。

沉睡者微笑,

精灵却哀其不幸。

闪电霹雳,

渲红了天空一片;

那沉睡的眼

却将此看成落日。

太阳何时

下落得如此明智?

日落之后

又将何时升起?

精灵呼号"醒醒",

沉睡者的耳朵无心听。

他们忘记了伤情、

希望和恐惧;

他们忘记了困境、

微笑和眼泪。

在漫长的年岁,

他们久困于梦寐。

精灵再次呼号"醒醒",

他们的清醒

还需更大的响音。

有人梦着欢愉,

因为心上人的缘故;

缟白的精灵，

为一次倾覆呼号。

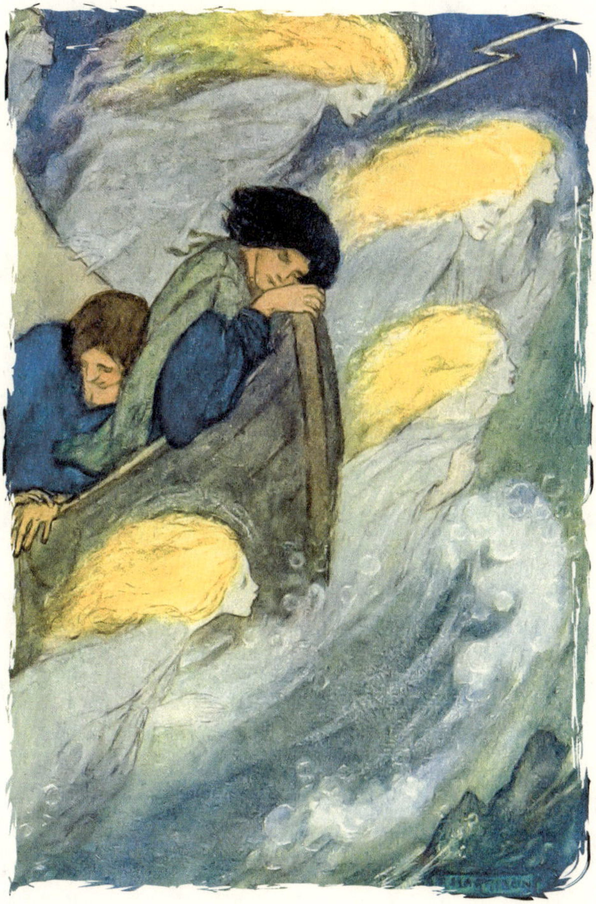

有人梦着忘却,

萦绕一生人的痛苦。

慢慢地——紧靠,

啊,多么悲伤和缓慢!

哀恸并祈祷

精灵飞飘:

洁净无瑕的精灵,

层层白如雪;

缟白的精灵,

为一次倾覆呼号。

一个接一个地飞,

像一只只抑郁的鸟

因为没有知己

终于沉默。

爱是无声孤寂，

话语亦无意义；

一个接一个地飞，

伤病却希望无期。

航行，继续航行，

疾驰前行——

在桅杆与桅杆之际，

白影再次飞飘，

飞得无声无息，

就像人们被杀戮后的死寂；

帆上投有他们的影子，

就像点点污迹。

没有声音呼唤沉睡者,

没有手臂举起。

他们在沉睡中死去,

梦想着白日。

一切皆空,

传道者语——

空,

是他们航程的目的地。

从房子至家园

小妖精
集市

第一如贯穿炎夏的梦境,

第二如冗长枯燥的眩晕,

半凝冻的脉搏时而停滞,

在冬夜月下的氤氲。

"但,"我的朋友问,"这是何物,在何处?"

这是我灵魂中的乐土,

这是极妙的人间天堂,

引我把目标置之一旁。

第一如裹藏着谎言的纱轴,

第二如弥漫着痛苦的荒芜:

为何在天上建海市蜃楼,

却又使其倾覆?

从房子至家园

我的城堡矗立，透亮的玻璃闪烁，

纤细的尖塔脆弱，

当夏日夕阳西下，

它燃起了光霞。

我的乐园是此起彼伏的绿荫，

雄伟的树下是它沉睡的阴影，

可一窥柔软的园圃盆栽，

如火红如天蓝如雪白。

草地上的松鼠甚是安逸，

跳跃的羊羔无惧宰刀。

在树丛中欢唱的鸟，

生活充实无忧虑。

我的城堡矗立，透亮的玻璃闪烁，

纤细的尖塔脆弱，

当夏日夕阳西下，

它燃起了光霞。

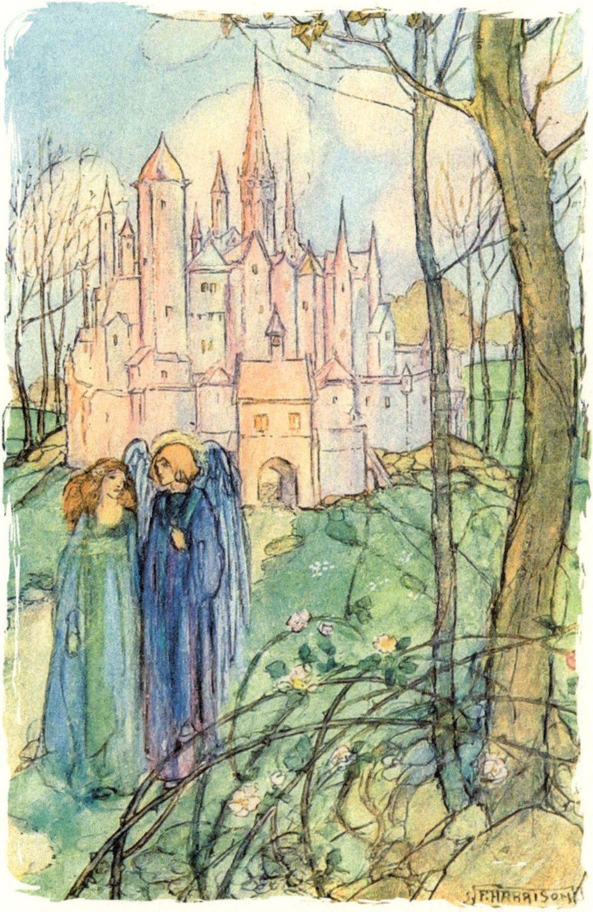
F. HARRISON

斑鸠在那儿咕咕叫，野鸽在那儿筑暖巢，

树林盈满了歌声、鲜花和果实，

枝丫在天空伸展成城市，

小鼠安居在根间洞室。

石南布于更远处，蜥蜴隐于

奇异的金属盔甲里，探头一瞥随即离去，

如忽而西东的叱咤闪电，

可见却追寻无处。

青蛙和蟾蜍跳来跃去，

安宁地繁衍生息，粗野的生灵于此，

天鹅绒般的芦苇窸窸窣窣

摆动着溢出了晨露。

所有毛虫均遵从我的法，

不见角落里的蜗牛和蛞蝓。

我从不打扰好奇的枝丫

在黑夜里倏然开花。

鼹鼠在暗地里寻找安全感，

年复一年地挖掘他的地下走廊；

温顺的刺猬舒展背脊，耷拉利刺，

不因见我而惊异。

一位天使般的伙伴随我前行，

目光如炬的双眸甚有灵性，

却也像深海无垠，

荡漾着我的欲望。

他有时像圣洁的飞雪,

他有时像辉煌的夕阳,

他有时在空中挥舞翅膀,

头顶着光环。

我们一路上齐声歌唱,

欢乐的余音久久回响;

我们在一起亲密私语,

在夜晚的梦中也一样。

我难以形容我们走过的路,

现已封闭的难忘的路;

我难以形容我们谈过的话,

他所说过的所有的话!

从房子至家园

我只能说,缓缓流逝的时间,
使我愈发投入举杯欢庆的盛宴。
我摘花时对刺痛无感,
也未察觉朋友的悲伤。

"明天。"我微笑着对他说,
"今晚。"他严肃地回答我,
无言地指向,一里又一里
无限延伸的里程碑。

"非也,"我说,"明天如蜜甜,
今晚不如未来的每天。"
然后我目睹着他,
转过身,别过脸。

他飞奔了一里又一里,
偶尔回头挥手示意,
喊道:"亲爱的,从放逐,回归家园,
到那迢遥之地。"

那晚如雪崩般把我撼动,
炎夏一夜成寒冬:
第二天清早,枝上没有一只鸟,
地上没有一头羊羔——

没有鸟,没有羊,没有任何生命迹象:
没有松鼠在清凉的草坪上蹦蹦跳跳,
没有小鼠在地室里窝藏,
所有的欢乐都在黎明前插翅而逃。

从房子至家园

蓝天和太阳是天堂的饿殍，
没有晨露，只剩白霜刺骨。
噢，我的爱人，我知道我再也见不到，
再也找不到。

"爱人不再！"我痛苦地喃喃自语，
眼泪不再流，手臂不再挥，
直到传来一声低语："你们将再次相遇，
在那迢遥之地相遇。"

我嘶哑地吼叫着起身，
燃起烛光，寻了一房又一房，
找遍上上下下，一股寒风扫荡
虚无的黑暗。

我日以继夜地寻找，

日夜之于我并无异样。

"没有，"我悲叹，"再也没有。"捻熄火光，

震颤的嘴唇没有祈祷。

直到我心破碎，精神崩溃，

在霜冻的地上消颓，

呻吟："够了，别再找了。

别了，噢，爱人，别了。"

我魂颠魄倒，

听见精灵在我身边欢声环绕。

一个喊："我们的姐妹，她受尽了苦累。"

一个答："让她看。"

从房子至家园

一个喊:"哦,祝福她不再遭逢苦难,
不再承受失望。"
一个答:"不然,受难方能复生,
并使她更为坚强。"

我平躺,一张褶皱的幕帘
掩映在我的面前。
我的眼睛蒙上了光芒,
浮现出一个未知的地方。

我看到了一个女人的幻象,
白昼和黑夜争夺她的主权,
无比的缟白,圣洁的素雅,
以及难以言表的悲伤。

她的双眸,如闪耀的宝石,

如浩瀚的星辰,更显温柔;

我迷上了她的身影,如风中的茎,

纤细的腰身微颤着下坠。

我守在外围的荒芜,

她站在内里的花圃,

在神秘的时分,

永不停歇地旋舞。

托举鲜花的是荆棘,

荆棘径直地蹿出沙地,

刺痛她的脚,嘶哑的嘲笑

伴随残酷的掌声。

燃起烛光，寻了一房又一房

她流血流泪却无畏,

攥紧力量等待喜悦的天亮。

她试图测量无尽的伤,

多么地宽、深、高、长。

我看见束缚着她的锁链,

一连串的生命链并非人造,亦不可拆卸。

它触及风雨雷电,

延伸至天上伊甸。

一个喊:"多久?立于磐石,

她该战斗,受难,取拾。"

一个答:"信仰在暴风雨中震颤,

她的灵魂更为坚强。"

我看见一只杯子下落,

盈满了嫌恶和苦涩。

她铁青的嘴唇饮啜,

翻搅其深处,却无少无多。

她饮啜时,我发现一弯手臂

炼出了新酒和纯蜜:

先是苦中带甜,后而甜至心底,

直至单纯的甜蜜。

她的嘴唇和脸颊变得玫瑰般鲜嫩年轻,

她喝着唱着:"我的灵魂无吁请。"

再喝一杯:歌曲柔和悠清,

缓缓声情如入秘境。

一个喊:"伤痛是这位朋友的信仰,

旷野该如玫瑰般盛放。"

一个答:"揭开面纱,宣告终结,

在她离开之前使她更坚强。"

然后天地像书卷般卷起,

时空,生死,均已消逝;

重量,数量,各达其极;

这天终于降临,这天。

人群——人群——立于幸福,

与天使平坐,共享辉煌;

竖琴、棕榈、婚服、和平之吻,

头戴皇冠,发顶光环。

他们唱着歌,在高处唱着新曲;

他们弹奏竖琴,给强大而真实的他听;

他们喝了新酒,曙光照亮了眼睛,

看,一切焕然一新。

他们层叠上升,上升,上升,

升至骇人的高空,火焰相连。

无人能把他们数清,

无嘴能透露他们秘密的圣名。

仿佛有一股脉搏拨动了一切,

一股血流滋养了所有,一股气息席卷了全部。

他们拨动竖琴,放下王冠;

他们起身崇拜,沉浸于乐土。

她站在内里的花圃。

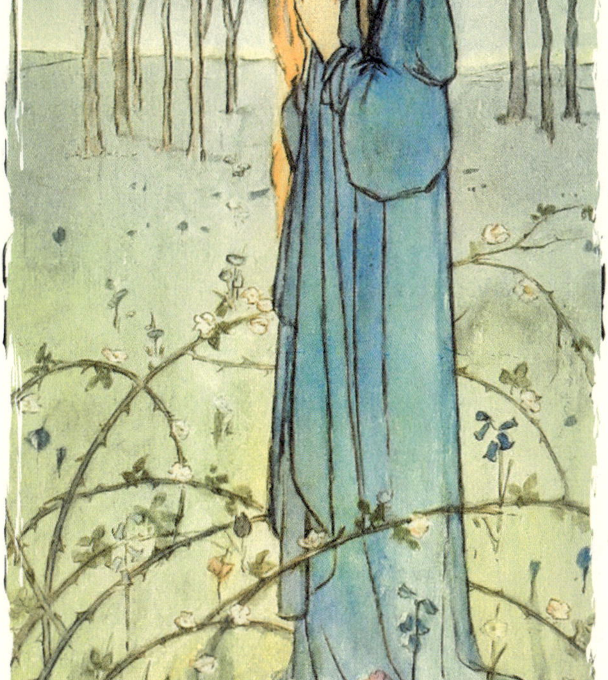

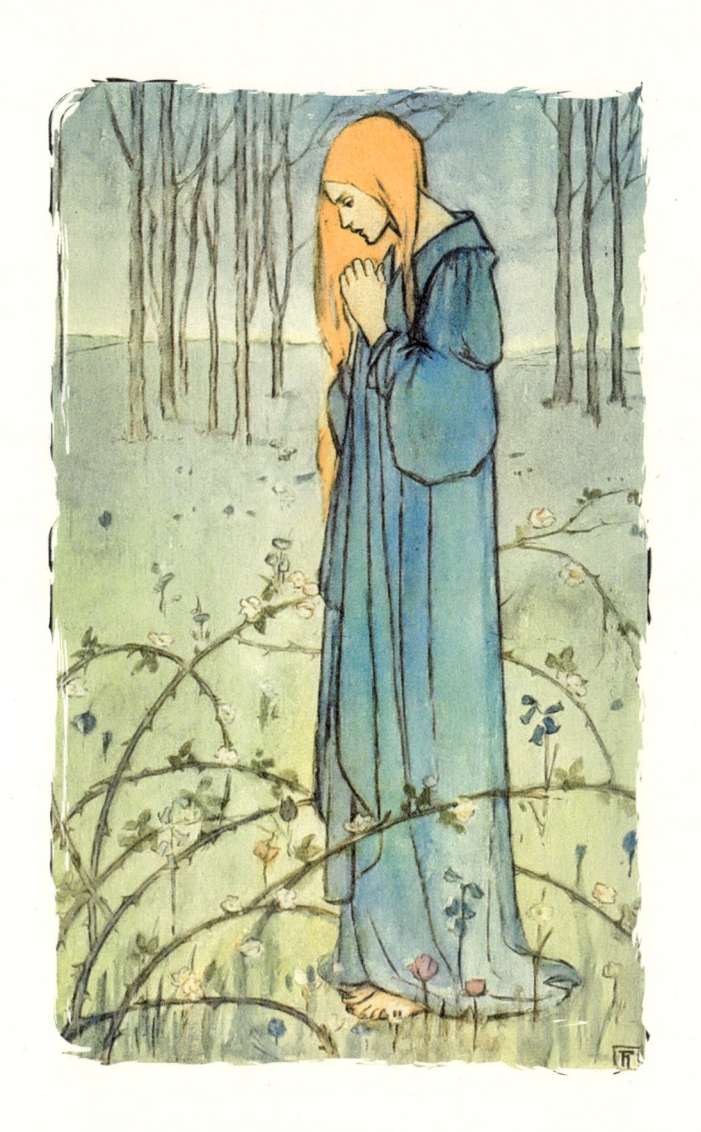

新月般的脸朝着一个方向,
每一张脸都面向爱之骄阳:
饮爱之水,浴爱之河,照爱之镜,
由此而知无极无尽。

神佑的头颅挨着头颅,荣光相触,
亲密的十指扣着十指,永不放释。
这是从死亡而来的新生,
这些生而伟大的人。

心与心相呼,魂与魂相和,
加倍地回应对方,使其填满:
所有的爱与被爱,以及基督
挚爱的教徒。

从房子至家园

我看见那个在痛苦中失去了爱的人，

她脚踏荆棘，饮下满杯的嫌恶，

夜里所失在白天复得，

坠落之人又被高举。

他们在神佑的正午集聚，

在漫长的日子里齐声歌唱。

每一张脸都爱意盈盈地朝着骄阳，

像新月被爱和赞美照亮。

因此，我的朋友啊，

我不会重建我的谎言之房。

我曾乐于居住的地方，

我的灵魂一身素白，沮丧但未被毁坏。

我通过耐心重觅魂灵,

我板起脸如燧石一般,

把所有推倒重启,

在那迢遥之地。

尖刺锋利,我如履平地;

杯酒涩苦,他注入甜蜜。

我的脸坚定地朝向耶路撒冷,

我的心把它永记。

我举起空悬的双手,抬起虚弱的双膝——

我,珍贵更甚历经七次炼造的金子,

直到那天上帝

从藏库里带来新旧的一切。

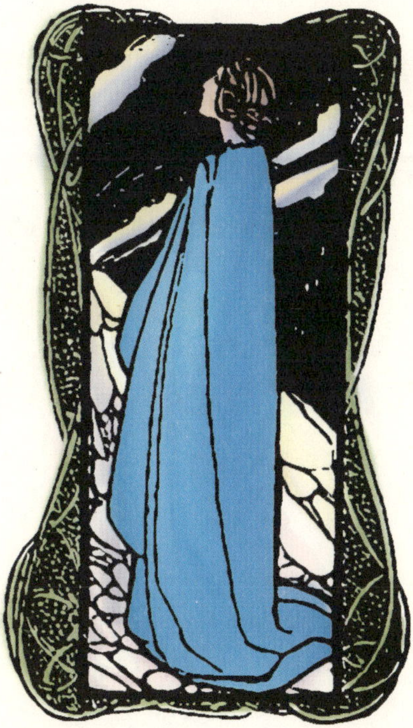

华冠取代尘土,喜乐膏油取代哀愁,

赞美衣赐天堂之灵,

即使今天我如叶子般

枯萎凋零。

虽然今天他修枝摘叶使我疼,

他的血却滋养温润我的根。

明天我再发蓓蕾,

结出果实累累。

虽然今天我走在一条冗长的路,

以牧羊杖引路的是他的使徒,

但我仍等待他的指定之日,

仗赖我的上帝。